WILLY VANDERSTEEN

scenario en tekeningen
PAUL GEERTS

Standaard Uitgeverij
Antwerpen

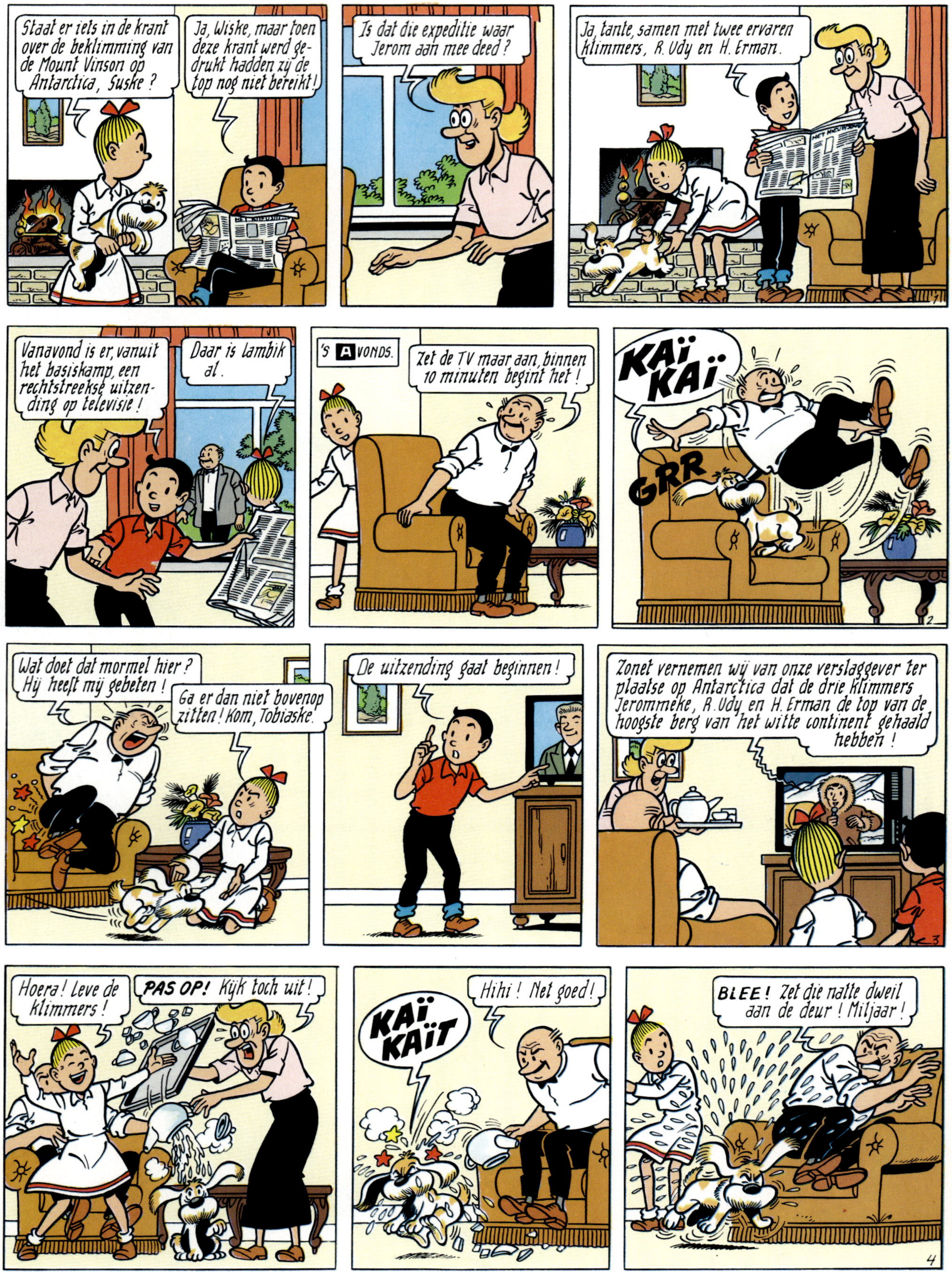
Staat er iets in de krant over de beklimming van de Mount Vinson op Antarctica, Suske?
Ja, Wiske, maar toen deze krant werd gedrukt hadden zij de top nog niet bereikt!
Is dat die expeditie waar Jerom aan mee deed?
Ja, tante, samen met twee ervaren klimmers, R. Udy en H. Erman.
Vanavond is er, vanuit het basiskamp, een rechtstreekse uitzending op televisie!
Daar is Lambik al.
'S AVONDS.
Zet de TV maar aan, binnen 10 minuten begint het!
KAÏ KAÏ
GRR
Wat doet dat mormel hier? Hij heeft mij gebeten!
Ga er dan niet bovenop zitten! Kom, Tobiaske.
De uitzending gaat beginnen!
Zonet vernemen wij van onze verslaggever ter plaatse op Antarctica dat de drie klimmers Jerommeke, R. Udy en H. Erman de top van de hoogste berg van het witte continent gehaald hebben!
Hoera! Leve de klimmers!
PAS OP! Kijk toch uit!
KAÏ KAÏT
Hihi! Net goed!
BLEE! Zet die natte dweil aan de deur! Miljaar!

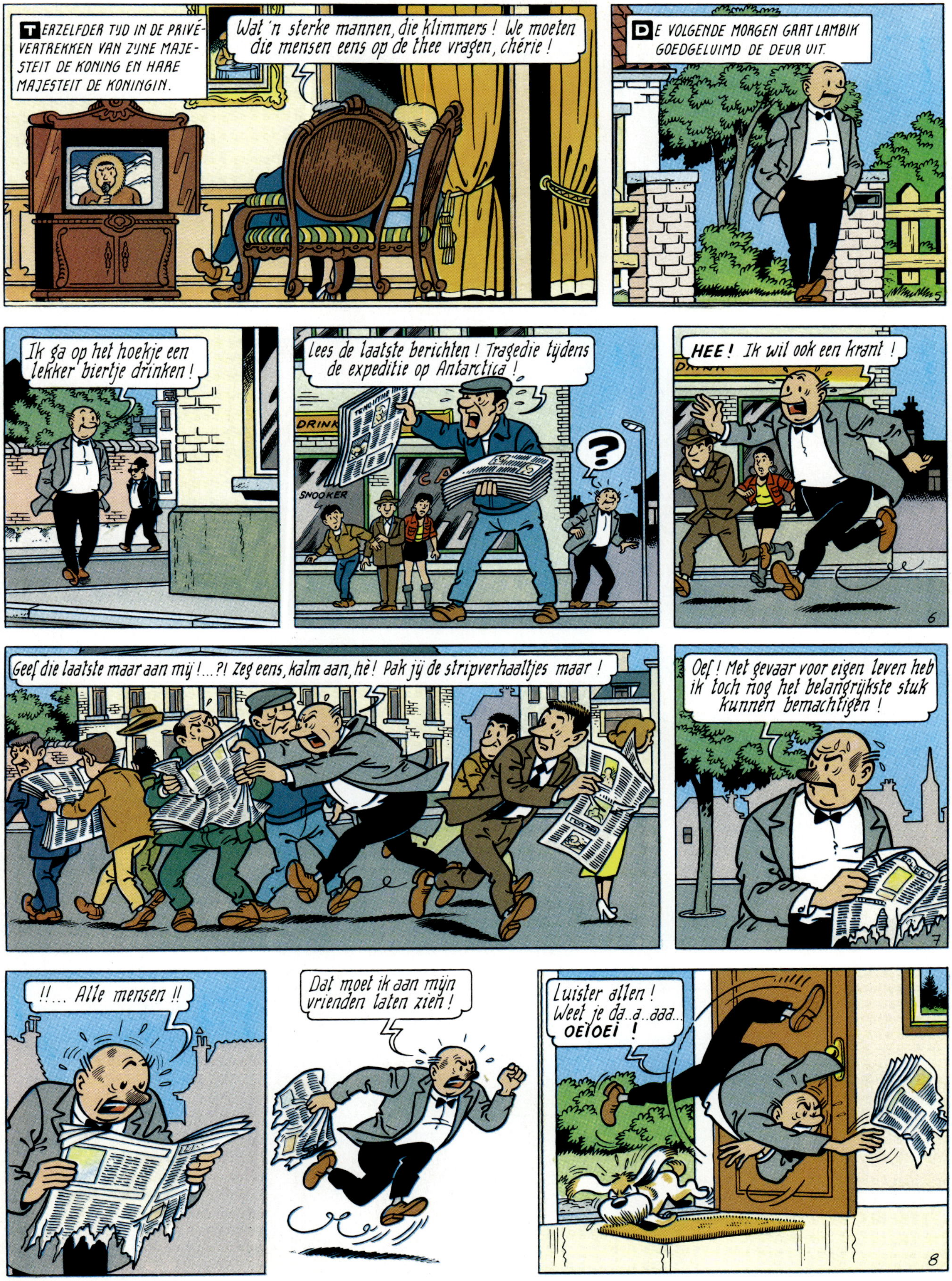
TERZELFDER TIJD IN DE PRIVÉ-VERTREKKEN VAN ZIJNE MAJESTEIT DE KONING EN HARE MAJESTEIT DE KONINGIN.
Wat 'n sterke mannen, die klimmers ! We moeten die mensen eens op de thee vragen, chérie !
DE VOLGENDE MORGEN GAAT LAMBIK GOEDGELUIMD DE DEUR UIT.
Ik ga op het hoekje een lekker biertje drinken !
Lees de laatste berichten ! Tragedie tijdens de expeditie op Antarctica !
DRINK
SNOOKER
?
HEE ! Ik wil ook een krant !
Geef die laatste maar aan mij ! ...?! Zeg eens, kalm aan, hè ! Pak jij de stripverhaaltjes maar !
Oef ! Met gevaar voor eigen leven heb ik toch nog het belangrijkste stuk kunnen bemachtigen !
!! ... Alle mensen !!
Dat moet ik aan mijn vrienden laten zien !
Luister allen ! Weet je da..a..aaa... OEIOEI !

Waar zit dat monsterachtige ondier ?... AUW !
BONK
Ben jij met Tobiaske aan't spelen, Lambik?
Ik weet dat hij een broodmes achter zijn rug heeft...
Maar met Wiske erbij kan die dikkop niets doen !
Dat vind ik lief !
Waarom kwam jij zo binnenstormen, Lambik?
Ik heb nog een laatste exemplaar van de krant kunnen bemachtigen ! Kijk, hier staat het... TRAGEDIE OP ANTARCTICA !
Wat ? Wat is er gebeurd ?
De beklimmers van de Mount Vinson zijn in kamp drie spoorloos verdwenen !
Onzin !
Dat is van een journalist die geen kopij had, die schrijven zo maar wat. Jerom is oersterk ! Die verdwijnt niet !
Lees eens verder, Lambik.
Sinds Jerom, R. Udy en H. Erman, tijdens hun afdaling, in kamp drie zijn aangekomen is alle contact verbroken. Alsof ze van de aardbodem zijn verdwenen. Wegens het slechte weer zijn er nog geen zoekacties ondernomen !
Bel eens naar ginder ! Met een satellietverbinding moet dat kunnen.
Goed idee. Misschien weten ze nu al iets meer !
EVEN LATER.
Patriot Hills ? Wat is dat voor een beest ?... Ah zo... Het grootste radiokamp van heel het zuidpoolgebied ! En hoe zit het met de klimmers ?... Verdwenen ?!
En wat gaan jullie doen ?... O, niets... Slecht weer...
Nu nog mooier ! Als het wat frisjes is, dan komen jullie niet buiten !
Weet je wat... WE KOMEN ZELF!!

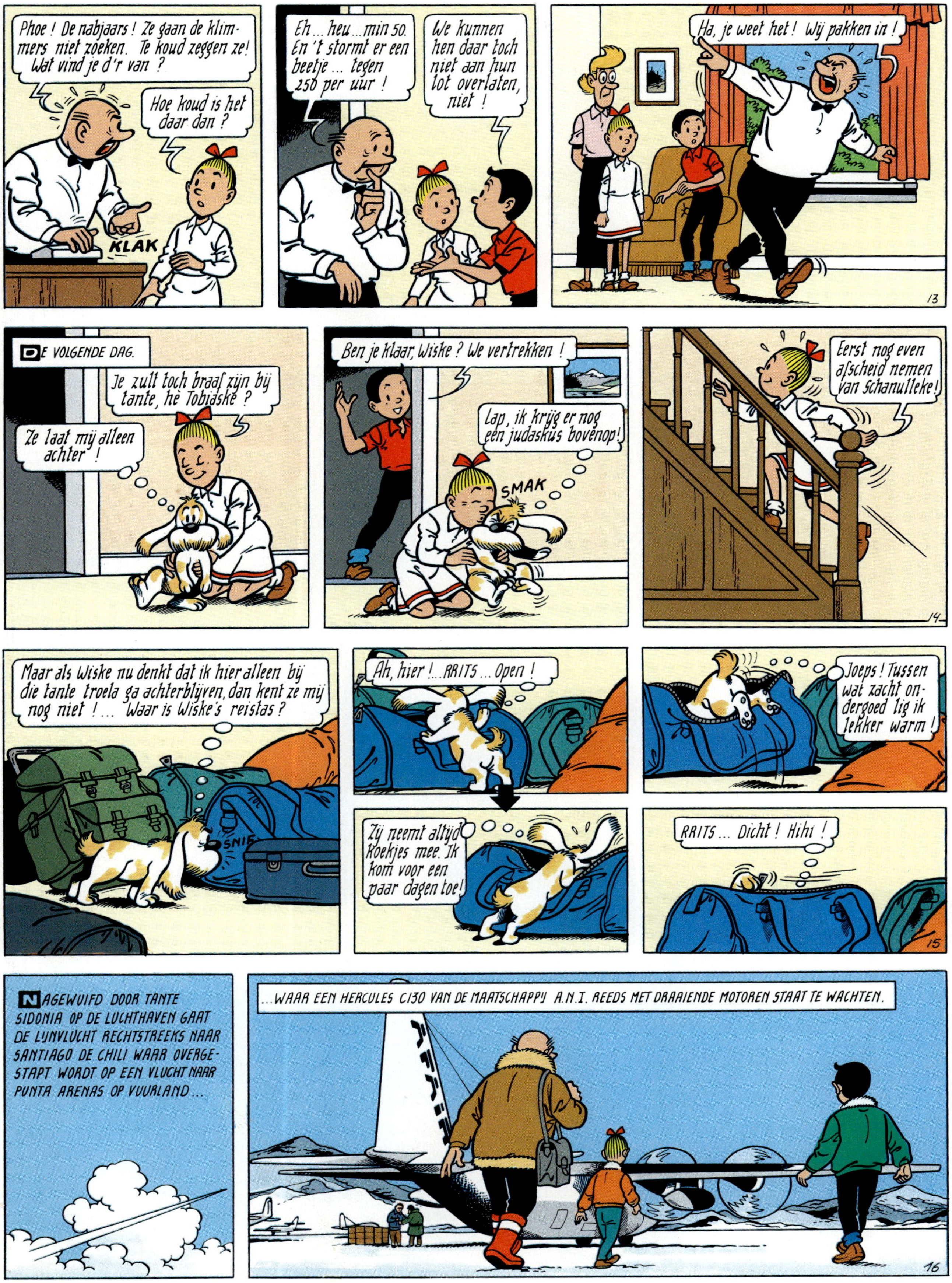
Phoe ! De nabjaars ! Ze gaan de klimmers niet zoeken. Te koud zeggen ze! Wat vind je d'r van ?
Hoe koud is het daar dan ?
KLAK
Eh... heu... min 50. En 't stormt er een beetje ... tegen 250 per uur !
We kunnen hen daar toch niet aan hun lot overlaten, niet !
Ha, je weet het ! Wij pakken in !
DE VOLGENDE DAG.
Je zult toch braaf zijn bij tante, hè Tobiaske ?
Ze laat mij alleen achter !
Ben je klaar, Wiske ? We vertrekken !
Lap, ik krijg er nog een judaskus bovenop!
SMAK
Eerst nog even afscheid nemen van Schanulleke!
Maar als Wiske nu denkt dat ik hier alleen bij die tante troela ga achterblijven, dan kent ze mij nog niet ! ... Waar is Wiske's reistas ?
SNIF
Ah, hier ! ... RRITS ... Open !
Joeps ! Tussen wat zacht ondergoed lig ik lekker warm !
Zij neemt altijd koekjes mee. Ik kom voor een paar dagen toe!
RRITS ... Dicht ! Hihi !
NAGEWUIFD DOOR TANTE SIDONIA OP DE LUCHTHAVEN GAAT DE LIJNVLUCHT RECHTSTREEKS NAAR SANTIAGO DE CHILI WAAR OVERGESTAPT WORDT OP EEN VLUCHT NAAR PUNTA ARENAS OP VUURLAND ...
... WAAR EEN HERCULES C130 VAN DE MAATSCHAPPIJ A.N.I. REEDS MET DRAAIENDE MOTOREN STAAT TE WACHTEN.

UREN LATER LANDT DE HERCULES OP EEN ONMETELIJKE IJSVLAKTE.
We zijn er! Het radiokamp Patriot Hills!
AUW! Die piloot is nog niet uitgeslapen, zeker? Dat is niet landen, dat is schaatsen! AI! Mijn rug!
ADVENTURE AIRLINES
17
EXIT
EMERGE
Dat komt door de oneffenheden op het ijs, Lambik!
Hou zo'n kist maar eens in bedwang!
EM
De deur gaat open!... Waw! Zet maar een zonnebril op, het wit van de sneeuw en het ijs doet pijn aan de ogen.
18
Come, old man, let me help you!
Old man? Op je gemak, hè kerel...
Ik kan dat best alleen!... HEEE! Oei!
SLIP
Kijk toch uit, Lambik!
Kijk zelf uit!
ZZZZ
19
Miljaar!
Weatherhaven
Voor mij een koffie met melk en twee klontjes!
ROS & SUE'S CAFE
29 FR
20

Lambik, jij staat hier op je dooie gemak aan je koffie te slurpen, maar onze reis is nog niet ten einde, hoor.
Buiten staat een Twin Otter te wachten om ons naar het basiskamp van de Mount Vinson te brengen! De bagage is al overgeladen!
Goed, dan gaan we! Lekkere koffie, Sue! Wie heeft de leiding hier op Patriot Hills?
Dat ben ik!
29 F
21
En, nog altijd niets vernomen van de verdwenen klimmers H. Erman, R. Udy en onze Jerom?
De laatste dagen heeft een verschrikkelijke storm gewoed bij kamp drie! Met zulke weersomstandigheden ...
... is het onbegonnen werk te gaan zoeken! Het is zoeken naar een naald in een hooiberg!
Ach zo!
Wij zullen die naald wel vinden! Wees daar maar zeker van!
LAMBIK! Duurt het nog lang?
22
NA EEN RUSTIGE VLUCHT OVER DE WITTE WERELD VAN ANTARCTICA LANDT DE TWIN OTTER BIJ HET BASISKAMP.
Van hier af zal onze tocht te voet verder gaan, kinderen!
Te voet?
23
Wij zijn over uw komst ingelicht. Er staan twee hondensleeën klaar!
Eerst nog onze aangepaste kledij aantrekken en dan zijn we weg!
Iedereen klaar? Daar gaan we!... Op weg naar kamp drie!
24

LATER.
't Gaat goed, hè Suske, we liggen al flink op kop! Volgt Lambik nog?
Hemel, nee! Hij is niet meer te zien!
Ik ga wel even kijken.
?
Wat is er, Lambik? Waarom kom je niet?
Zie je dat niet? De eerste moet even en de rest zal wel volgen. Dat kan nog een tijdje duren!
Eindelijk! Dat heeft zowat een half uur in beslag genomen! We kunnen verder!
Wacht nu ook nog maar even. Ik heb honger en wil eerst een koek eten!
EEK!! TOBIAS!
Koekoek!
Wat? Is dat roofdier hier? Dat achterbaks mormel op de zuidpool? Die straathond op het maagdelijke Antarctica!
Ja taraara, daar heb je die dikke bulldozer weer!
Stuur hem terug! Hij gaat niet mee, ik wil hem niet meer zien!

Tobiaske hier achterlaten in die onmetelijke ijsvlakte? Ben je niet goed in je bovenkamer?
Dat zou zijn dood betekenen, Lambik!
En zijn aanwezigheid de mijne!
Zodra hij die belachelijke schoenen uit heeft bijt ik die ballonnekenskop in zijn tenen!
29
Maar ik kan al beginnen met hem natte voeten te geven!
WHOEA! Heb je dat gezien?
Hij wilde tegen mijn benen flietewieteren!
Je moet dat begrijpen, Lambik. Hier staan geen bomen of lantaarnpalen.
Die blaasbalg ziet er anders wel uit als een knotwilg!
Nog één zo'n misdrijf en ik maak er gehakt van!
30
Oké, ik zal ervoor zorgen dat hij jou niet meer lastig valt, maar raak hem met geen vinger aan, hé!
GRMMBL!
DE UREN VERSTRIJKEN!
Ik zie ginds enkele donkere stippen! Zien jullie ze ook?
31
Kaïkaï... kai...
Wat is er, Tobiaske? Ben je bang?
Zo'n langorig insect is van alles bang! Da's geen hond, da's een schotelvod!
Lambik, begin jij nu niet weer, hé!
We naderen! Ik denk dat ik weet wat het is!
Wat dan?
ucb
Breathe
32

Heb je 't nog niet door ? Dat is kamp drie !
Lieve hemel ! Wat is hier gebeurd ? Ben jij zeker dat dit de tent is van onze vrienden ?
Vrijwel zeker, Wiske !
33
De hele tent is aan flarden gereten !
Hier is een kleine radio... Hij staat nog aan !
KRRR KCHRR
En hier een dagboek ! Alles netjes bijgehouden !
H. Erman vertelt erin dat zij de top van de Mount Vinson hebben gehaald, de "Last Summit". Hier, ik lees voor !
34
"Jerom belt nu naar Patriot Hills om het succes van de expeditie te melden ! Iedereen is blij en ..."
En dan breekt de zin af met een geweldige klad in het dagboek ! Hier, kijk maar !
Jerom belt nu naar Patriot Hills om het succes van de expeditie te melden ! Iedereen is blij en
Wat kan er gebeurd zijn, Suske ?
Ik weet het niet, Wiske, maar het moet wel plotseling zijn gegaan, midden in een zin !
35
Weet jij het, Lambik ?
Ik snap er niks van, Suske !
Ik ben bang, Lambik !
GRRRR
Wat is er, Tobiaske ?
Hij is in paniek, maar waarom ?
KAÏTKAÏT
36

Op dat mislukt konijn moet je niet letten, die wil weer interessant doen! Laten we onze tenten maar opslaan en hier de nacht doorbrengen !
WHOEOEOE
WAFWAF
GRRR
WOEFWOEF
Zeg, wat hebben die beesten ?
37
Als die de hele nacht zo blijven tekeergaan doe ik geen oog dicht !
WRAF
WOEFWAF
WHOEOE
KAIIIT
Is dat nu gedaan ? Af ! AF, ZEG IK !
38
PATS
Tobiaske jankt en rilt ook !
Zouden honden naderend onheil voelen aankomen, Lambik ?
Zwijg me van honden, ik wil slapen !
Stil ! Luister !... De wind wakkert aan !
EVEN LATER RAAST EEN HEVIGE STORM OVER DE ONMETELIJKE IJSVLAKTE.
KAÏKAÏAIIII
OEOEOE
WRAFWAF
WHOEOEOE
40

??... Waar is Tobias ? Ik zie hem niet meer !
Hij is in mijn slaapzak gekropen, het arme dondertje rilt van angst !
Hoor jij de honden nog ?
Ik zal eens kijken !
41
WWHOOOOOOUUUUUUUUU
Ze huilen nog steeds en gaan wild tekeer !.. Ze rukken aan hun leidsels !
42
DE TIJD VERSTRIJKT...
Denk jij dat we hier nog levend uitkomen, Suske ?
Wat is dat nu voor onzin !
UREN LATER.
Er kan ons niets gebeuren !
Ik weet het niet...
36 UREN LATER.
De storm is gaan liggen !
En de honden zijn stil !
43
Lambik... LAMBIK ! Word eens wakker ! We kunnen naar buiten !
Zie je wel dat er niets gebeurd is !
AAAH
44

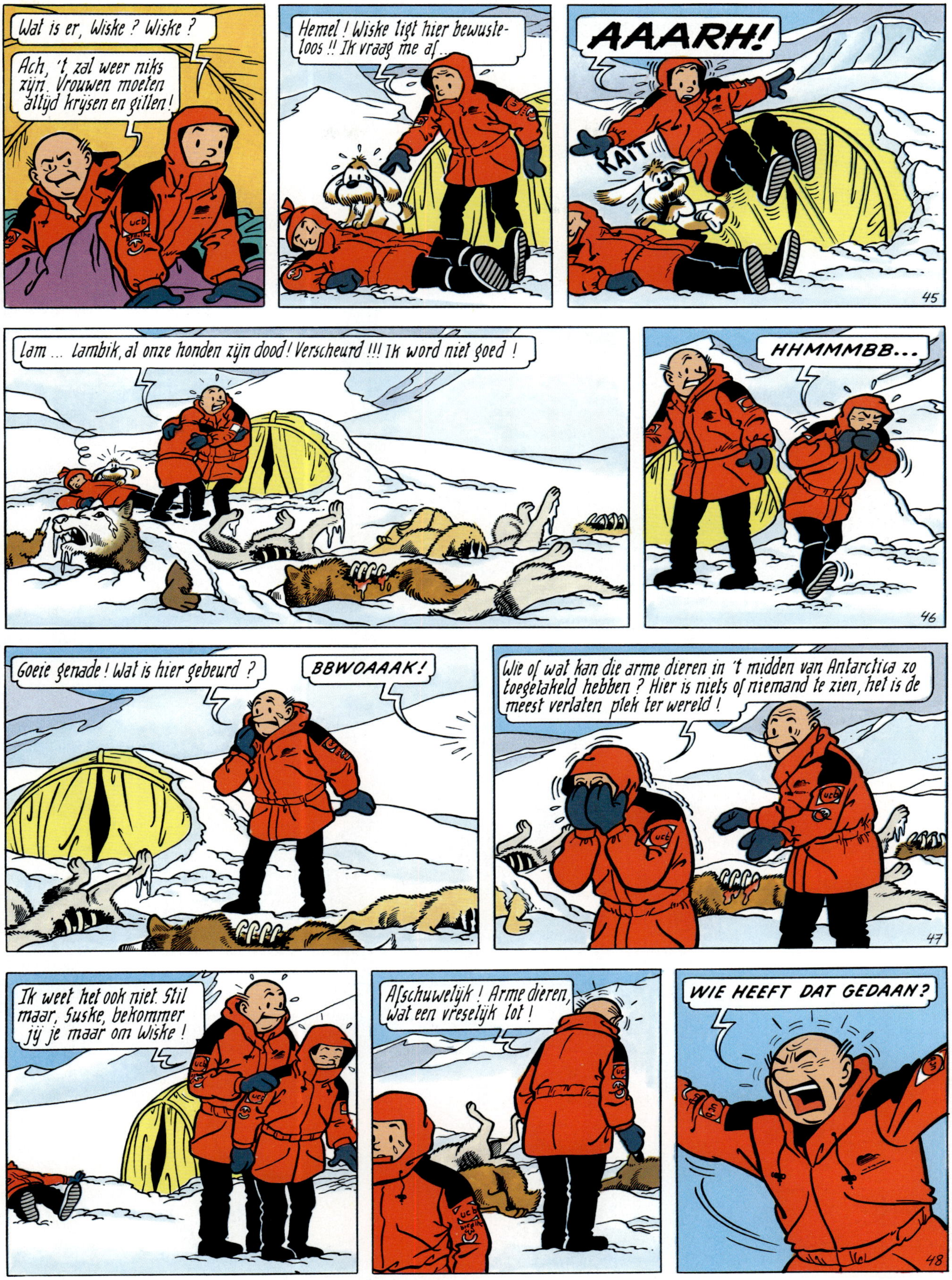

Wat is er, Wiske ? Wiske ?
Ach, 't zal weer niks zijn. Vrouwen moeten altijd krijsen en gillen !
Hemel ! Wiske ligt hier bewusteloos !! Ik vraag me af...
AAARH!
KAIT
45
Lam ... Lambik, al onze honden zijn dood ! Verscheurd !!! Ik word niet goed !
HHMMMBB...
46
Goeie genade ! Wat is hier gebeurd ?
BBWOAAAK!
Wie of wat kan die arme dieren in 't midden van Antarctica zo toegetakeld hebben ? Hier is niets of niemand te zien, het is de meest verlaten plek ter wereld !
47
Ik weet het ook niet. Stil maar, Suske, bekommer jij je maar om Wiske !
Afschuwelijk ! Arme dieren, wat een vreselijk lot !
WIE HEEFT DAT GEDAAN ?
48

Kom tevoorschijn als je durft! Beestenbeulen! Monsters! Kannibalen!
Hou maar op, Lambik, brullen helpt niet!
Ah nee? Ik brul zoveel ik wil! Dat ze maar eens afkomen! Ik ga ze te lijf met de blote vuist!
49
Hé! Oh!
SMAK
AAH! Ik ben in zo'n... BWEUK! Ik hang vol bl...
Ja, 't is al goed! Trek maar vlug wat anders aan!
50
Snif... Sniksnik...
Kom, Wiske, het is verschrikkelijk, maar we moeten verder!
Snik... Stel je voor dat Tobiaske... ik mag er niet aan denken! Snik!
Stil maar! Waar is Tobias eigenlijk?
Die dikzak brult maar en Wiske, dat arme kind, is helemaal van de kaart, maar Tobias waakt, hè! Hier zijn sporen!
51
Rare sporen! Onmenselijke sporen! ... GRRR!!
Ik wil geen minuut langer op deze onheilsplek blijven, Suske!
Ziezo, hier ben ik dan weer!
52

Wat zie jij d'r uit !
Ik heb niks anders, dus dat zal het wel moeten doen! Ik ben niet van plan om kou te lijden, 't is hier min 25, hoor !
WAFWAFWAF WAFHAHAHA! Zie dat daar staan !
Om je de stuipen te lachen !
53
Carnaval op de zuidpool ! Die dikzak weet altijd weer iets nieuws te verzinnen ! WAFAHAHAA !!
Zeg, gaat die straathond mij nog lang belachelijk maken ?
Hij begint weer te tieren! Die breedsmoelkikker heeft geen humor !
54
We vertrekken ! We gaan te voet verder, we hebben geen keuze.
Suske, jij trekt de slee met het materiaal en ik trek Wiske.
Zo'n grote hondenslee ? Die krijg ik geen meter vooruit !
In kamp drie, bij Jerom en de klimmers, heb ik kleine sleeën gezien ! Vooruit, voortmaken !
Tobiaske mag bij mij op schoot zitten, hè lambik?
55
Die dweil ? Geen denken aan ! Ik ga mijn superspieren niet verkwisten aan dat mormel ! Hij kan lopen, net zoals ik !
Ik wil al niet meer! We zullen eens zien wie hier de sterkste is, ik heb niemand nodig !
Voorwaarts, mars !
Momentje ! Je krijgt bezoek, lambik!
56

???... Wat zullen we nu krijgen ?
Willen jullie wel eens ophoepelen ! Weg ! Vort !
57
Wat moeten die vetganzen van mij ?
Hoe zou dat komen, denk je? Ik geloof dat ze in jou hun echtgenoot zien !
Dat zijn Adéliepinguïns, die zijn erg aanhankelijk !
AUW !!
58
Maar de andere mannetjes zijn nogal jaloers !
De vrouwtjes nemen het voor jou op, Lambikske !
Je hebt een hele harem !
Ik moet dat allemaal niet weten ! Ga naar huis ! Maak dat je wegkomt !
59
Goed zo, Adélietjes, doe er nog maar een schepje bovenop !
Verlos mij van die beesten !
Help mij !
KWAK
60

Vooruit ! Ga maar ergens anders je liefde verklaren ! Straks ligt onze lambik helemaal in de vernieling !
Dank je, Suske, en kunnen we nu eindelijk eens vertrekken ? We hebben al genoeg tijd verloren ! Ben je klaar, Wiske ?
61
Ik ben al lang klaar ! Ik heb hier bijna wortel geschoten. Jij bent het die ons tegenhoudt met dat amoureuze gedoe met je pinguïns !
Vooruit dan ! Voorwaarts ma...
EEK !...?!
Wat nu weer ?
62
Ik dacht dat ik daar iets zag bewegen in de sneeuw !
Waar ?
Daar !
Waar, daar ?
De verbeelding zal je parten spelen, Wiske, ik zie ook niets, hoor !
Mijn verbeelding komt meestal nogal uit !
Genoeg gehannest ! Voorwaarts mars !
63
Urenlang trekken onze vrienden over de onmetelijke wereld van ijs en sneeuw.
Oef, ik ben bekaf ! Ik moet even gaan zitten, hoor !
AAUW !
64

Ik ben op zo'n puntig klimijzer gaan zitten !
Laat eens kijken !
Maar... Dat is iets van de klimmers ! Jerom, H. Erman en R. Udy moeten hier voorbij gekomen zijn !
WAFWAF !!
Die zijn blind, hoor. Tobias zal het weer moeten oplossen ! Kijk maar eens wat hier uit de sneeuw steekt !
65
Kijk eens wat Tobiaske gevonden heeft ! Een ijshouweel !
Hoera ! Dan zijn we op de goede weg ! Ben je uitgerust, Lambik ?
Laat hem nog even, Suske, hij is niet zo jong meer !
Wat ? Ik niet jong meer ? Ik oud ? Vooruit, in looppas !
66
Wat is er, Tobiaske ? Je jankt weer zo angstig !
67
AAN HET EIND VAN DE DAG.
Nu is het genoeg geweest, het wordt nacht, hoewel de zon hier nooit ondergaat !
Doe jij eens wat sneeuw in die pot, Wiske, dan maak ik een vuurtje en hebben we binnen enkele minuten een lekker soepje.
Snifsnif... Dat ruikt hier lekker !
68

EVEN LATER.
??... Wa... Waar is mijn soep ??
Eindelijk iets warms binnen !
Er zou iets meer zout in mogen maar 't was lekker! Nu nog een warm plekje opzoeken !
Die ... Die hondsvod ! Die dweil heeft mijn soep uitgegeten ! Ik wring hem de nek om !
69
Waar zit dat mormel ?
Raak hem niet aan ! Vergeet het !
Het was @#*!! mijn laatste pakje soep ! Maar als dat roofdier voorrang krijgt ... Ach, ontplof allemaal !
Ik kruip in mijn slaapzak !
70
WHOEA!
GRRR! KNAP!
Dat straatmonster zit in mijn slaapzak ! Hij heeft me gebeten !
Nu is het genoeg geweest ! Hij eruit of ik ! En ik weet al wie het zal zijn ... Dat langorig ondier gaat eruit !
71
Ik denk er niet aan ! En buiten doodvriezen zeker ! Als je één vinger naar Tobiaske durft uitsteken, dan ...
EVEN LATER ZIJN DE GEMOEDEREN BEDAARD EN PROBEERT IEDEREEN MET EEN BEETJE GOEIE WIL IN TE SLAPEN.
Kom jij maar dicht bij mij liggen, Tobiaske !
IEDEREEN DOMMELT IN, MAAR ...
72

Er is wat aan de hand daarbuiten ! Mij moeten ze niets wijsmaken ! Ik voel het in elk haartje van mijn pels !
Er mag Wiske, mijn beschermengel, niets overkomen ! Ik ga eens buiten een kijkje nemen !
Voorzichtig, Tobias, als die grote klep wakker wordt, begint hij weer te razen en te tieren !
73
Niets te zien natuurlijk, maar er is iets, ik voel het !
Ik ga de omgeving nog wat verder verkennen !
74
Mijn neus bedriegt mij nooit !
!
GRRR!.. GRR!
75
Heb je het warm genoeg, Tobiaske ? Kom maar wat dichter tegen mij aanliggen !
Tobias ?
Mijn hemel ! Hij is buiten !
76

Ik durf Lambik en Suske niet wakker maken ! Maar als er met Tobiaske iets zou gebeuren... Ik zou het mezelf nooit vergeven !
Als ik aan onze sledehonden denk !... Ik ga hem zoeken !
Niets !
77
Hier zijn sporen !
Verdorie ! Het begint te waaien... Alle sporen zullen uitgewist worden !
78
Deksels ! Ik zie niets meer !
Tobias ! Tobi... Al !
AUW! Ik ben met mijn knikker tegen een ijswand aangelopen !
79
Ik moet verder, Tobias zal doodvriezen !
TOBIAAAS!!
O nee, ik ben verdwaald ! Ik zie de tent niet meer !
80

Welke richting moet ik nu uitgaan ? Stomme Tobias ! Waarom kon hij nu niet in de tent blijven ? Nu zullen we allebei doodvriezen !
TOBIAS!..TOBIA..A..AAA..
81
Tobias !
Wiske ! Gered ! Ik had alle hoop al opgegeven !
Ik zou je eigenlijk een pak rammel moeten geven ! Wat doe jij hier ?
Nu nog mooier, die begint al zoals die kaalkop !
82
Ik deed het toch alleen maar om je te beschermen, Wiske ! En nu krijg ik nog een uitbrander ! Mooi, hoor !
Ach, kom hier, vlegel, je bent nog altijd mijn lief Tobiasje !
Hier staan we nu. Kun jij de weg naar de tent terugvinden ?
83
Hij zoekt zijn eigen spoor ! Maar de sneeuwstorm heeft alles uitgewist !
Hij heeft het gevonden !
WAFWAF!
Wat is er ? Waarom blijf je staan ?
!
84

Wat is dat ? De bodem begint onder mijn voeten te daveren !
Het rommelt net als ... HOEFGETRAPPEL !!
Paarden ? Hier ?? Dat kan niet !
85
Ik ga kijken !
?!
Tobias, weg van hier ! Duik in de sneeuw !!
86
O... Oa... Dat kan niet ! Ik ga in zwijm vallen !
87-88

Wat zijn dat voor monsterachtige wezens ? Beesten uit de oertijd ! Gelukkig hebben ze ons niet gezien , Tobias !
En dan die berijders... Mannen met kappen over hun onzichtbaar hoofd ! Griezels !
Kom, Tobias, we volgen hen op een afstand !
89
Goeie genade ! Ze gaan recht naar de tent !
Suske en Lambik lopen gevaar !
90
Zie je wel ! Ze overrompelen ons kamp ! Daar zijn Lambik en Suske nooit tegen opgewassen !
Maar als ze nu denken dat ik hier werkloos ga blijven toezien ! Ik ga eropaf !!
91
HOU OP ! MONSTERS ! MISBAKSELS !!!
!
Is Wiske nu helemaal gek geworden ?! Ik moet haar stoppen !
92

?!... Wat doe je ? Deksels ! Stomme...
Oei ! Ik begrijp het, Tobias ! Er komt er een onze kant op ! En uiteindelijk ben ik er niet tegen opgewassen !
Vlug ! Achter deze rots en onder de sneeuw !
93
Oeioeioei, hij komt nog dichterbij ! Zou hij mij gezien hebben ?
Ik vraag me af wie die kerels zijn !
!!... Slik !
94
Wat een monsterachtig wezen !... Dat is geen mens !
Oef ! Hij keert terug ! Ik heb mijn leven aan jou te danken, Tobiasje !
Jij bent een moedige vriend !
Maar ... Kijk !
95
Suske en Lambik worden geboeid meegevoerd !
We blijven ... Snik, alleen achter, Tobiaske ... Snik ! ... Wat nu ?
96

Het enige wat we kunnen doen is het spoor van die monsters volgen!
Kom, wenen en snotteren helpt ook niet!
We zullen er ons wel doorslaan, Tobiaske!
Het is toch een moedig kind, ons Wiske! Vooruit...
97
Ik zal mijn speurneus eens op scherp zetten!
Het spoor van Jerom en de klimmers leidde naar die hoge bergen ginds.
98
Gaat het nog, Tobias?... Tobias?... Tobias!
Ocharme, de sneeuw ligt hier zo dik dat de arme kleine er niet in vooruit komt!
Ik zal je dragen!
99
't Is niet waar, hè!!
Nu begint het weer te waaien en te sneeuwen! Dat heb je hier om het uur, zeker?! Verdorie!
Alle sporen zullen uitgewist worden!
100

Maar we geven de moed niet op, hé Tobiaske !
We zetten door !
101
De storm wordt heviger...
Ik zie geen hand meer voor ogen...
Hemel !
102
Dit is het einde ! Al mijn botten zijn gebroken als ik beneden ben !
WAK
Tobiaske... Waar ben je ?
O... daar... ben je ! We zijn toch... weer samen !
Ik denk dat ik ga flauwvallen... Ik zie de schimmen op ons afkomen !
103-104

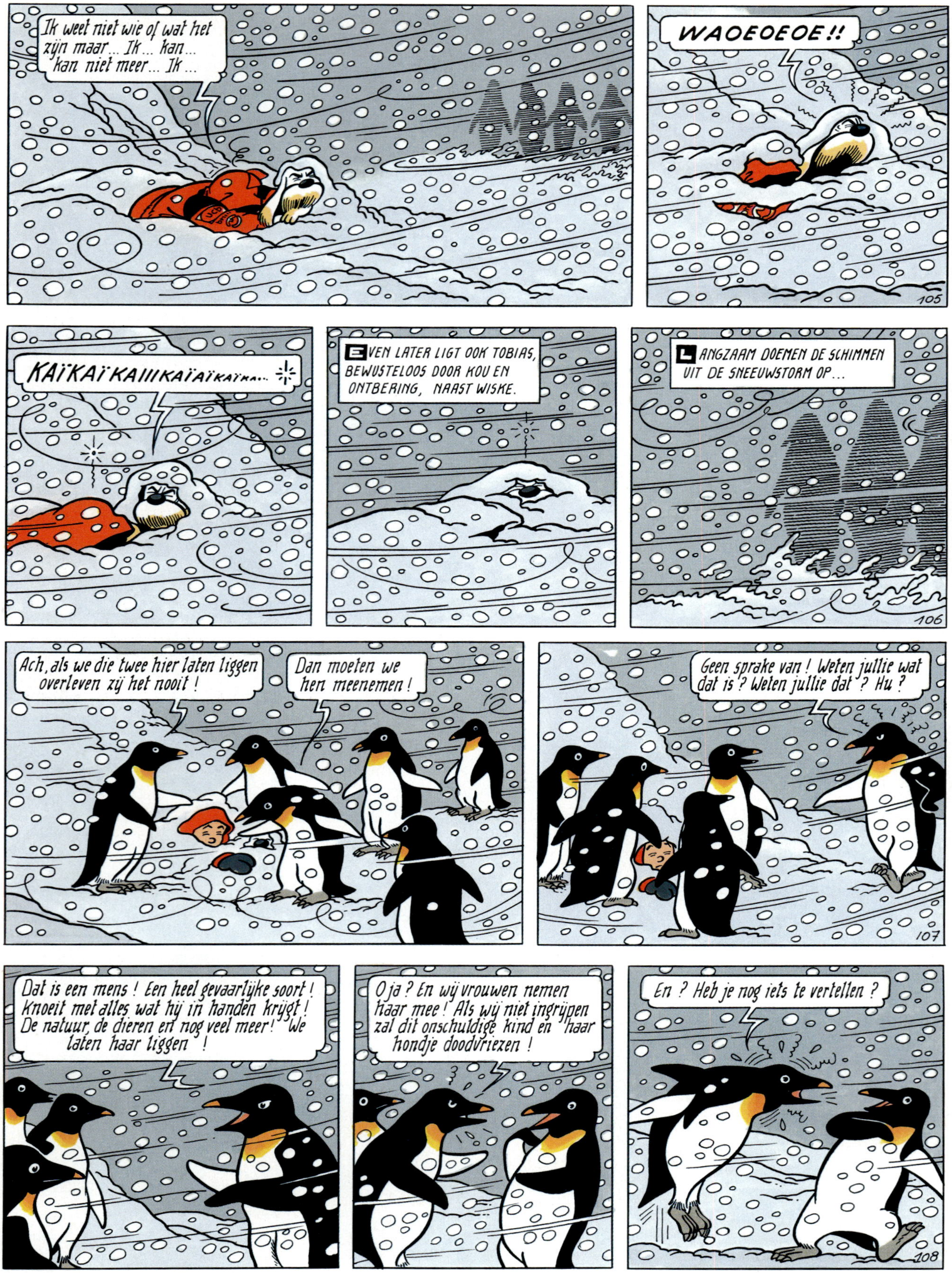
Ik weet niet wie of wat het zijn maar... Ik... kan... kan niet meer... Ik...
WAOEOEOE!!
105
KAÏKAÏKAIIIKAÏAÏKAÏKA...
EVEN LATER LIGT OOK TOBIAS, BEWUSTELOOS DOOR KOU EN ONTBERING, NAAST WISKE.
LANGZAAM DOEMEN DE SCHIMMEN UIT DE SNEEUWSTORM OP...
106
Ach, als we die twee hier laten liggen overleven zij het nooit!
Dan moeten we hen meenemen!
Geen sprake van! Weten jullie wat dat is? Weten jullie dat? Hu?
107
Dat is een mens! Een heel gevaarlijke soort! Knoeit met alles wat hij in handen krijgt! De natuur, de dieren en nog veel meer! We laten haar liggen!
O ja? En wij vrouwen nemen haar mee! Als wij niet ingrijpen zal dit onschuldige kind en haar hondje doodvriezen!
En? Heb je nog iets te vertellen?
108

Met vereende krachten worden Wiske en Tobias naar een beschutte plaats gesleept.
Ziezo, hier zullen ze alvast geen last hebben van de storm!
We moeten hen warm houden! Ga er allemaal zo dicht mogelijk tegenaan liggen!
109
Dat arme ding heeft een eierkopje. Dat neem ik voor mijn rekening!
Wij pinguïns broeden onze eieren uit op onze pootjes... ze zal het vlug warm hebben!
Uh... Zoveel aandacht hebben ze aan mij nog niet besteed! Pure verwennerij!
110
Na een tijdje opent Wiske haar ogen.
Wa... Waar ben ik hier?
Die lieve diertjes hebben ons warm gehouden!
De arme kleine ziet er al veel beter uit!
Waar is Tobias?
111
WAFWAF!
Ik durf me haast niet te bewegen met die theemuts op mijn kop!
We hebben ons leven aan hen te danken, Tobiaske!
Maar we kunnen hier niet eeuwig blijven! We moeten hen duidelijk maken dat we op zoek zijn naar onze vrienden!
112

Ik denk dat ik het gevonden heb! Ik zal hun, door een tekening in de rotswand te krassen, proberen duidelijk te maken wat we zoeken !
Kijk, dit is wat ik zoek ! Weten jullie waar ik die kan vinden ?
113
Hemel ! Ze gaan er als de bliksem vandoor! Natuurlijk zijn ze bang van die monsters !
HEE! STOP! Jullie moeten ons helpen ! Kom terug !
Ah, er is er toch één die het gesnapt heeft !
!
114
Hij wijst in de richting van die hoge bergen ! Zo ver ? Te voet haal ik dat nooit !
Hij trekt me aan mijn mouw mee !
115
LATER.
We zitten aan de rand van het ijs !... Aan de zee !
?
116

Ik snap er niks meer van ! Die staat hier op z'n vingers ... eh, vinnen ... eh ... vleugels te fluiten !?
SPLASJ
?? ... Val nu om ! ...
117
Een walvis ! Een bultrug !
KAÏT
Hé ! ... Wat bedoel je ? Moeten wij ...
GRRR
118
O, ik snap het al ! De walvis zal ons dichter bij de plek die we zoeken brengen !
Kom, Tobias, we mogen aan boord !
Ik op de rug van dat monster ? Vergeet het !
119
Komaan, je moet niet bang zijn, deze dieren willen ons helpen !
Daar gaan we !
Bedankt, Adélietjes ! Als ik eens iets voor jullie kan doen, dan zeg je 't maar !
120

Niet duiken, hè toebas, ik zou graag droog aankomen!
Eigenlijk wel comfortabel zo met een jumbo op reis gaan! Ik wandel even rond... Gezellig!
WOEAH!
TOBIAS!
PSSSSJ
121
Je bent op z'n spuitgat gaan zitten! Een walvis spuit! STOP! HELP!
Oo, RAMP! Een zeeluipaard!
Zeeluipaarden eten pinguins! Hij zal Tobias verscheuren!
122
Zwem, Tobias, zwem! Hij haalt het niet!
Hemel! Een tweede walvis! Wat doet die nu?
Hij onderschept het zeelui-paard met z'n staart en...
123
... ze spelen er tennis mee!
Wat een fantastische dieren! Tobiasje is gered!!
124

MEP! Daar gaat de aanvaller! Die zal geen pinguïns meer oppeuzelen!
Geweldig! Bedankt, jongens!
125
Kom maar dicht bij mij zitten, je rilt van de kou.
Waar ben ik aan begonnen! En te denken dat er thuis vuilnisbakken en frisse lantaarnpalen staan!
LATER.
Einde van de reis, onze vriend zwemt naar het vasteland!
126
Tot ziens! En nog eens bedankt, hè!
We zijn weer alleen, Tobias. Waarheen nu?
127
Daar! Op goed geluk naar die hoge bergen!
!
Waarom jank je nu weer? Er is toch niks!
KAIKAIT
128

Ze moeten mij niets wijsmaken, ik ruik onraad! Ik heb een neus voor zoiets!
Ga je nu eindelijk meekomen?! Zo schieten we helemaal niet op!
GRRR
129
Is het nu afgelopen met die aanstellerij! Er is hier niks of niemand, we zijn hier helemaal alleen!
GRRR
Als je wilt achterblijven, mij goed, maar ik ga alleen verder! Saluut!
!
Ik moet dat eigenzinnige eierkopje beschermen! Er dreigt gevaar!
130
Kijk! Hier is de sneeuw platgereden! Hoe bestaat het... De sporen leiden naar deze kloof!
Misschien is dat de verklaring voor het gedrag van Tobias! Zou er dan toch iets zijn?
GRRR
131
Hier wordt de kloof weer breder!
Allemachtig! Deze muur is van... BETON!
Kom, we gaan ter...
WHOEA!
132

Ik ben omsingeld door die monsters ! Ik kan niet meer weg ! Dit is het einde !
133
Het heeft geen zin me te verzetten, ze zijn met te veel !
Arm Wiske ! Die scharminkels zullen haar meenemen !
Maar wat kan een klein straathondje beginnen tegen zo'n overmacht ?
134
??... De betonnen wand schuift open !
Wiske wordt mee naar binnen genomen !
Zouden Suske en Lambik hier ook zitten ?
135
Ik moet iets doen voor het te laat is ! Maar wat ?... Ik heb het !
Het kan me mijn hondenkopje kosten, maar voor Wiske waag ik het !
Eerst die portier zijn aandacht trekken ... Een keiharde sneeuwbal maken en die dan ...
... tegen zijn lelijke tronie smijten !
136

Zo ! Eer die apenkop van zijn verrassing is bekomen, zit ik binnen !
Goeie genade, dit lijkt wel een ruimtebasis ! Ik heb zoiets wel eens gezien bij Wiske op de televisie... Stardrek of zoiets !
137
INMIDDELS.
Waar brengen ze mij naartoe ?
Een lange gang met allemaal deuren ... Een gevangenis !
KLANG
138
Wiske !
Suske ! Lambik !
Ik heb gezien hoe ze jullie meenamen ! Waar zitten we hier ?
Op een hypermoderne basis in een berg. Voor de rest weten wij ook van niets. We hebben nog niemand gezien !
139
En Jerom, en de klimmers ?
Niets, geen spoor !
EN DAT BEGINT VRESELIJK OP MIJN ZENUWEN TE WERKEN !
KLOP KLOP KLOP
Stil ! Wat is dat ?
140

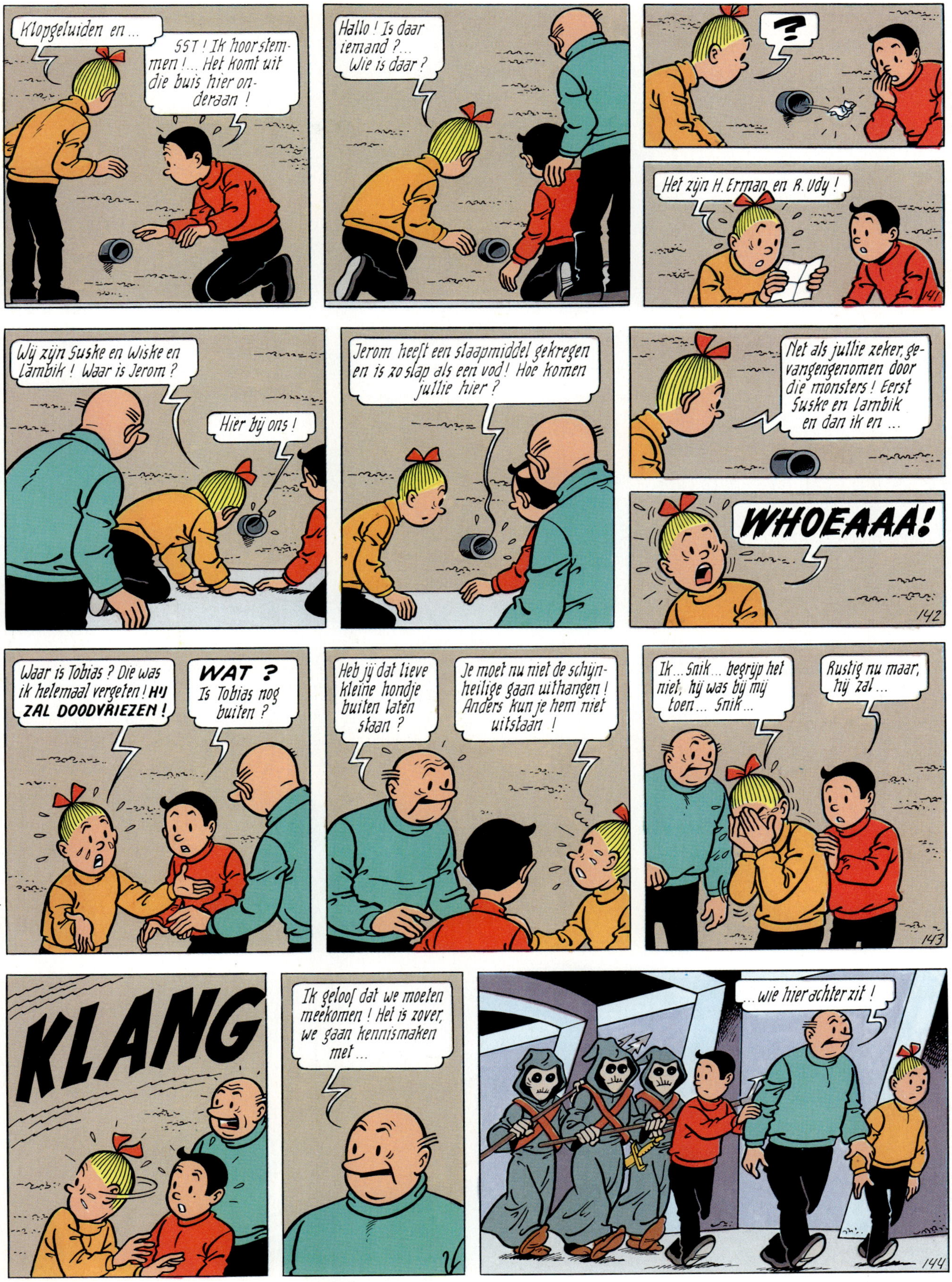

Klopgeluiden en ...
SST ! Ik hoor stemmen ! ... Het komt uit die buis hier onderaan !
Hallo ! Is daar iemand ? ... Wie is daar ?
?
Het zijn H. Erman en R. Udy !
141
Wij zijn Suske en Wiske en Lambik ! Waar is Jerom ?
Hier bij ons !
Jerom heeft een slaapmiddel gekregen en is zo slap als een vod ! Hoe komen jullie hier ?
Net als jullie zeker, gevangengenomen door die monsters ! Eerst Suske en Lambik en dan ik en ...
WHOEAAA!
142
Waar is Tobias ? Die was ik helemaal vergeten ! HIJ ZAL DOODVRIEZEN !
WAT ? Is Tobias nog buiten ?
Heb jij dat lieve kleine hondje buiten laten staan ?
Je moet nu niet de schijnheilige gaan uithangen ! Anders kun je hem niet uitstaan !
Ik ... Snik ... begrijp het niet, hij was bij mij toen ... Snik ...
Rustig nu maar, hij zal ...
143
KLANG
Ik geloof dat we moeten meekomen ! Het is zover, we gaan kennismaken met ...
... wie hier achter zit !
144

Hallo! Hallo! Waar zijn jullie? Is daar nog iemand? Wat is er gebeurd?
Laat maar, ze zijn waarschijnlijk meegenomen!
Daar zal het te doen zijn. Er staan twee wachters voor de deur!
Wat zou die "S" betekenen?
We zullen het vlug weten, de deur zwaait open!
145
JIJ?!
SAVANTAS!
De vroegere helper van professor Barabas!
Helper?! Helper, zeg je! Barabas is een nul! Een uitvindertje van niksmendalle!
146
Zijn uitvindinkjes dienen het algemeen belang, die sukkel wil alsmaar de wereld verbeteren!
Nu vraag ik jullie... Is hij er ooit zelf beter van geworden? Eigenlijk heb ik met die zielenpoot te doen. Hij is vreselijk achterop geraakt! Maar...
IK WIL MACHT! DE WERELDHEERSCHAPPIJ! EN IK WIL DAT... NU!!
147
Van hieruit zal ik mijn rijk uitbreiden!
Met die monsterachtige wezens zeker! Ze kunnen niet eens praten!
Onmondige volgelingen, dat is toch prachtig! Geen tegenspraak, nooit kritiek, nooit stakingen!... Of hadden jullie liever een vakbond? Hahaha!
Al is de kas leeg, die blijven maar zeuren en onmogelijke eisen stellen! Hihihi! Nee beste vriendjes, mijn mutantjes doen zoiets niet. Zij gehoorzamen! Zo heb ik hen geschapen!
Geschapen?
148

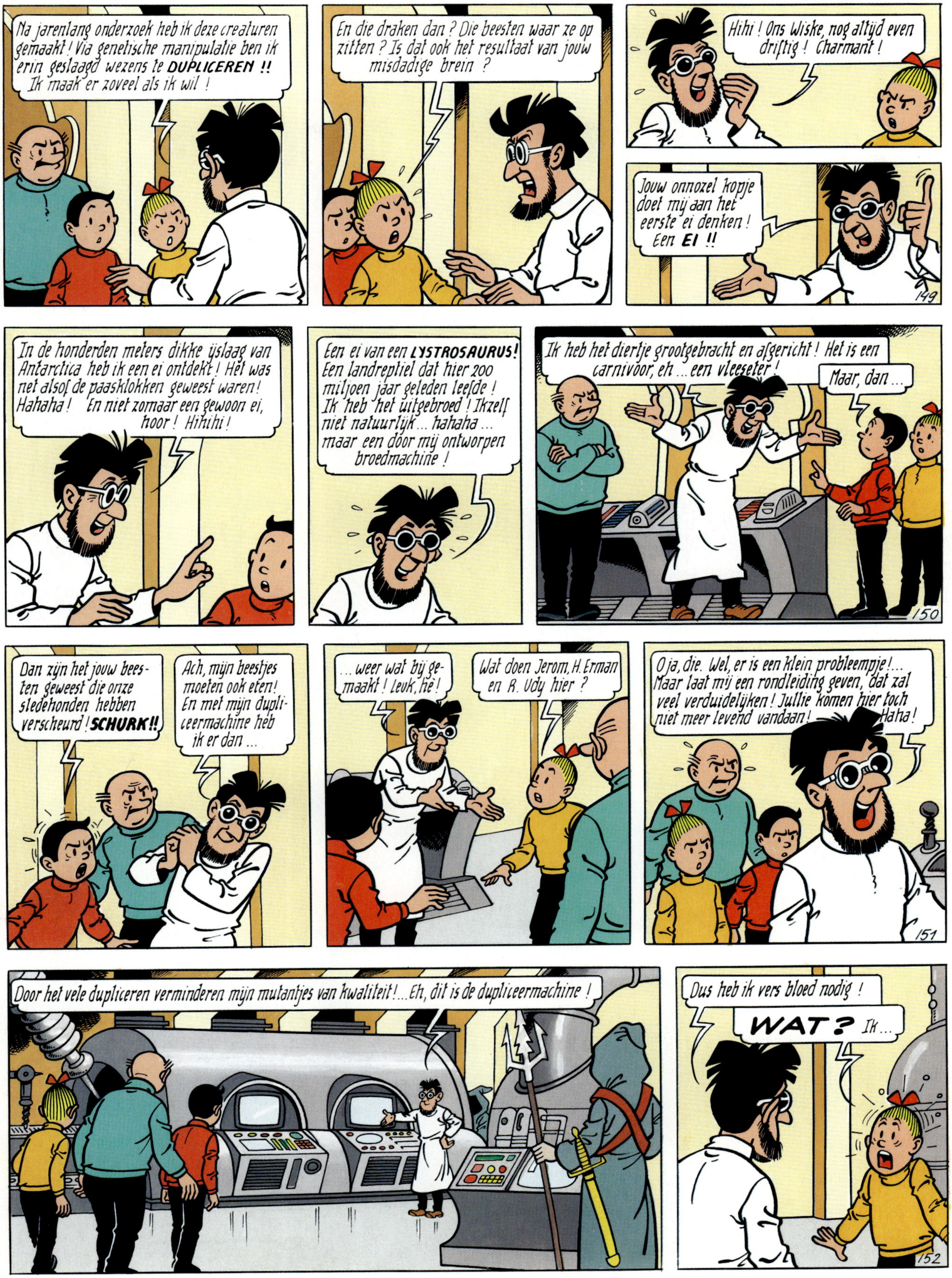

Na jarenlang onderzoek heb ik deze creaturen gemaakt! Via genetische manipulatie ben ik erin geslaagd wezens te DUPLICEREN !! Ik maak er zoveel als ik wil !
En die draken dan ? Die beesten waar ze op zitten ? Is dat ook het resultaat van jouw misdadige brein ?
Hihi ! Ons Wiske, nog altijd even driftig ! Charmant !
Jouw onnozel kopje doet mij aan het eerste ei denken ! Een EI !!
149
In de honderden meters dikke ijslaag van Antarctica heb ik een ei ontdekt! Het was net alsof de paasklokken geweest waren! Hahaha! En niet zomaar een gewoon ei, hoor! Hihihi!
Een ei van een LYSTROSAURUS! Een landreptiel dat hier 200 miljoen jaar geleden leefde ! Ik heb het uitgebroed ! Ikzelf niet natuurlijk... hahaha ... maar een door mij ontworpen broedmachine !
Ik heb het diertje grootgebracht en afgericht ! Het is een carnivoor, eh ... een vleeseter !
Maar, dan ...
150
Dan zijn het jouw beesten geweest die onze sledehonden hebben verscheurd ! SCHURK!!
Ach, mijn beestjes moeten ook eten! En met mijn dupliceermachine heb ik er dan ...
... weer wat bij gemaakt ! Leuk, hé !
Wat doen Jerom, H. Erman en R. Udy hier ?
O ja, die. Wel, er is een klein probleempje!... Maar laat mij een rondleiding geven, dat zal veel verduidelijken ! Jullie komen hier toch niet meer levend vandaan! Haha!
151
Door het vele dupliceren verminderen mijn mutantjes van kwaliteit!... Eh, dit is de dupliceermachine !
Dus heb ik vers bloed nodig !
WAT? Ik...
152

KOP DICHT ! VAL ME NIET STEEDS IN DE REDE !!
Sorry ...
Ik zei dus "vers bloed"... bloed van mannen met kracht en uithoudingsvermogen ! Sterke mannen !
En daar wil jij het leven van Jerom en die twee klimmers voor opofferen ?!
Ach, de een zijn dood is de andere zijn brood ! Hihihi !... Kijk, hier wordt aan de toekomst gewerkt !
153
Van hieruit zal Savantas de wereldheerschappij overnemen ! Is dat niet geweldig ?
Momentje ! Kun je mijn bloed niet gebruiken ?
LAMBIK !?
154
Jouw aanbod is heel vriendelijk, Lambik, maar het bloed van een onnozelaar... Kom nou !
Maar ik ben sterk !
?... Suske, hou hem tegen !
Hoe sterk ?
ZO sterk !
155
En die misbaksels van jou zullen dat ook ondervinden !...
AUW !
Zoiets pikt Savantas niet ! Gooi ze terug in hun cel ! Ze zullen later als voedsel voor mijn saurussen dienen !
156

INMIDDELS.
Wat 'n doolhof hier! Er schijnt geen eind aan te komen! Waar moet ik Wiske vinden?
Het loopt hier vol met van die lelijke tronies!
Ik zal me maar uit de voeten maken!
KLONK
BALANG
KLANG
?
Oei! Nu ben ik verloren!
157
Als die mij ontdekt, kom ik regelrecht in het hondenparadijs(*) terecht.
Oef! Hij vertrekt! Dat scheel-de geen haar!
??.. SNIFSNIF!.. Hier is Wiske voorbijgekomen!
En de zweetvoeten van die kaalkop ruik ik ook! Ik ben op de goede weg!
(*) ZIE SUSKE EN WISKE-ALBUM: "HET HONDENPARADIJS."
158
WAFWAF!... KAIKAIT!!!
Tobias!... TOBIASKE! Ben je daar?
Tobias staat aan de andere kant van de deur! Hij moet ons bevrijden!
Ja, maar hoe?
Ik weet het! Geef me papier en potlood!
Tobias is een slim hondje! Met deze tekening kan ik hem duidelijk maken wat hij moet doen!
159
Ze schuiven iets onder de deur!... Een tekening... Van een sleutel!
Wiske denkt zeker dat ik hier portier ben! Waar moet ik die sleutel zoeken?
Maar voor Wiske zoek ik overal, zelfs in de zakken van de duivel als het moet!
160

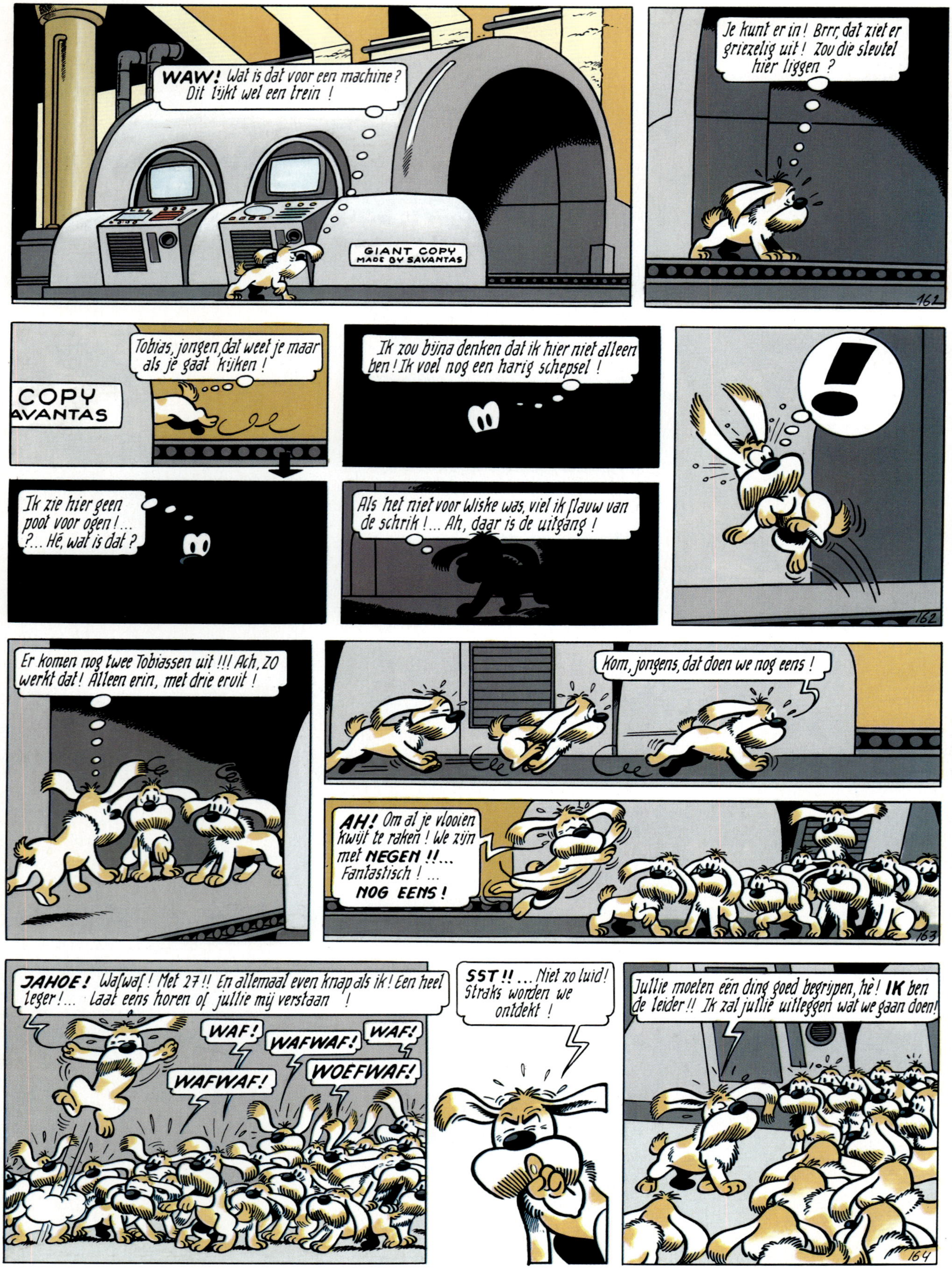

WAW! Wat is dat voor een machine? Dit lijkt wel een trein!
GIANT COPY
MADE BY SAVANTAS
Je kunt er in! Brrr, dat ziet er griezelig uit! Zou die sleutel hier liggen?
162
Tobias, jongen, dat weet je maar als je gaat kijken!
COPY
AVANTAS
Ik zou bijna denken dat ik hier niet alleen ben! Ik voel nog een harig schepsel!
Ik zie hier geen poot voor ogen!... ?... Hé, wat is dat?
Als het niet voor Wiske was, viel ik flauw van de schrik!... Ah, daar is de uitgang!
!
162
Er komen nog twee Tobiassen uit!!! Ach, ZO werkt dat! Alleen erin, met drie eruit!
Kom, jongens, dat doen we nog eens!
AH! Om al je vlooien kwijt te raken! We zijn met NEGEN!!... Fantastisch!... NOG EENS!
163
JAHOE! Wafwaf! Met 27!! En allemaal even knap als ik! Een heel leger!... Laat eens horen of jullie mij verstaan!
WAF!
WAFWAF!
WAF!
WAFWAF!
WOEFWAF!
SST!!... Niet zo luid! Straks worden we ontdekt!
Jullie moeten één ding goed begrijpen, hè! IK ben de leider!! Ik zal jullie uitleggen wat we gaan doen!
164

Hebben jullie allemaal een sterk gebit ?
WAFWAF
WAF !
WAF !
WAFWAF
Laat eens zien !
Bijt nog maar wat op een tafelpoot! VORT!
Hm, niet scherp genoeg !
En jij, jij hebt prut in je ogen ! Ga je wassen !
165
EVEN LATER.
Dus, zoals ik al zei, we verdelen ons in kleine groepen ! Geen tanden verspillen en er wordt met scherpe tanden gebeten ! ...
VOORUIT! VOOR WISKE!
Jullie komen met mij mee ! Wij gaan die sleutel pakken !
166
Daar! De cipier ! VAL AAN!!
Geef 'm zijn vet, jongens ! Ik heb de sleutel al !
Hier is de sleutel !! Nu kunnen we de deur aan de binnenkant openen !
167
Tobiaske ! Mijn reddende engel ! Maar... ???... Waar komen al die Tobiasjes vandaan ?
Later, Wiske! Eerst Savantas uitschakelen !
RHAAA! Laat de beesten los! Ze zullen hen verscheuren !
168

KRAAK
?
??
JEROM!!
Slaapmiddel uitgewerkt! Kom mee bakkeleien!
Waar zijn H. Erman en R. Udy?
169
Hier! Kunnen wij helpen?
R. Udy, aangename kennismaking!
We zullen jullie later feliciteren met de beklimming van de Mount Vinson, jongens, maar eerst moeten we die boef van een Savantas klein krijgen!
EEK! De draken!
Jullie achter Savantas aan, Jerommeke met saurusjes spelen!
170
Beetje beweging na verkwikkende slaap doet deugd! Gezonde geest in gezond lichaam om vijand ongezond te maken!
171
Savantas! Waar zit je?
Dat had ik niet verwacht! Maar als ik verlies, verliezen ze allemaal! IK alleen zal er levend uit komen!
Ik schakel het automatische vernietigingssysteem in!
172

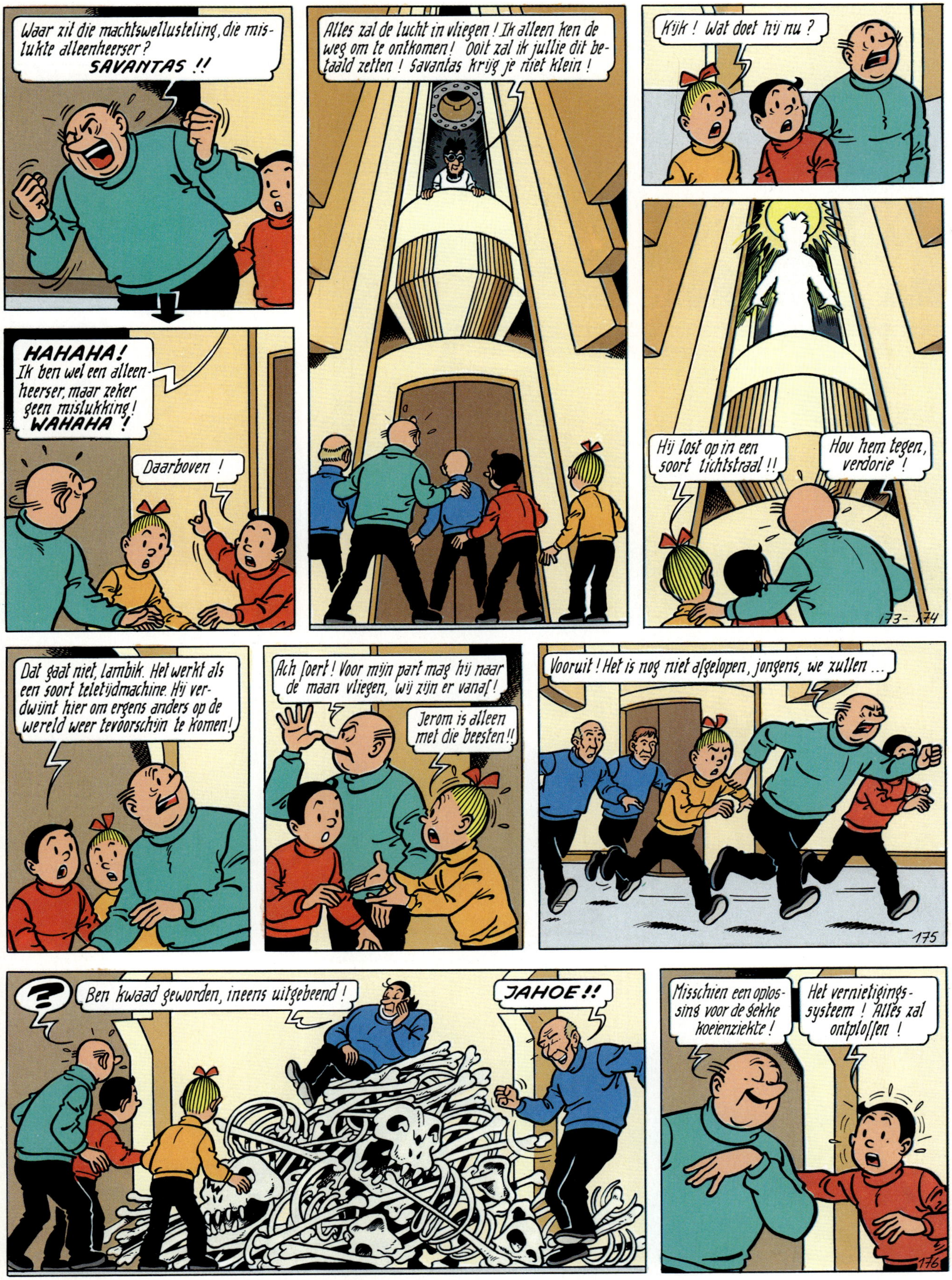
Waar zit die machtswellusteling, die mislukte alleenheerser? SAVANTAS !!
HAHAHA! Ik ben wel een alleenheerser, maar zeker geen mislukking! WAHAHA !
Daarboven !
Alles zal de lucht in vliegen ! Ik alleen ken de weg om te ontkomen! Ooit zal ik jullie dit betaald zetten ! Savantas krijg je niet klein !
Kijk ! Wat doet hij nu ?
Hij lost op in een soort lichtstraal !!
Hou hem tegen, verdorie !
173 - 174
Dat gaat niet, Lambik. Het werkt als een soort teletijdmachine. Hij verdwijnt hier om ergens anders op de wereld weer tevoorschijn te komen!
Ach foert ! Voor mijn part mag hij naar de maan vliegen, wij zijn er vanaf !
Jerom is alleen met die beesten!!
Vooruit ! Het is nog niet afgelopen, jongens, we zullen ...
175
?
Ben kwaad geworden, ineens uitgebeend !
JAHOE !!
Misschien een oplossing voor de gekke koeienziekte !
Het vernietigingssysteem ! Alles zal ontploffen !
176

Je hebt gelijk, Suske, iedereen naar buiten !
Waar is Tobias ? En de andere Tobiasjes ?
Tobias !
TOBIAAAS !!
Ik herken hem niet meer tussen al die andere !
Ah, hier ben je ! Roep al je vriendjes bijeen ! We moeten hier weg !
177
Je gelooft het niet ! Nog zo'n bende mutanten ... ze versperren ons de weg !
Daar weet ik wel raad mee ! Deze keer is het mijn beurt !
178
Pak vast ... ??
BONK
Hoe kan dat ? ... Ze ... ze vergaan tot st ... stof !
179
WHOEAAA !
Niet bang zijn ... Altijd grote jongen zijn ! Kom maar bij Jerommeke !
Het vernietigingssysteem ! Alles ontploft !!
Geen seconde te verliezen !
180

Oef ! We zijn buiten ! Gered !
Nog niet ! Als de boel ontploft zullen we door de schokgolf verpletterd worden !
Maar door de sneeuw komen we niet vooruit !
Daar heeft Tobiasje voor gezorgd, kijk maar !
181
De Tobiasjes zullen de sleeën trekken !
De twee klimmers zijn al weg ! Het zijn mannen met ervaring !... En Lambik, waar is die ?
Zo, jullie weigeren mijn slee te trekken ! Dat is weer een streek van jou zeker ?
182
MAAR OP DAT MOMENT...
BAOUM
183
Help !
Verschrikkelijk !
Ramp !
Lambik en Tobias zijn niet tijdig weggeraakt ! Ze zijn erin gebleven !!
LANGZAAM TREKT DE ROOK OP !
184

PRINTED IN BELGIUM BY proost INTERNATIONAL BOOK PRODUCTION